LÉON HENNIQUE

LA RÉDEMPTION DE PIERROT

PANTOMIME

(Interdite par l'autorité compétente)

CINQ EAUX-FORTES

DE

LOUIS MORIN

PARIS
LIBRAIRIE DES AMATEURS
A. FERROUD
F. FERROUD, LIBRAIRE-ÉDITEUR, SUCCR
127, BOULEVARD SAINT-GERMAIN, 127
1903

LA

RÉDEMPTION DE PIERROT

JUSTIFICATION DU TIRAGE

N°s 1 à 25. — Exemplaires sur papier du Japon contenant trois états des eaux-fortes dont l'eau-forte pure.

N°s 26 à 150. — Exemplaires sur papier du Japon avec les eaux-fortes avec la lettre.

Un exemplaire unique sur Whatman contenant tous les originaux et un dessin inédit de Louis Morin.

N° 26

à monsieur Audéoud

F. F.

LÉON HENNIQUE

LA
RÉDEMPTION DE PIERROT

PANTOMIME

(Interdite par l'autorité compétente)

CINQ EAUX-FORTES

DE

LOUIS MORIN

PARIS
LIBRAIRIE DES AMATEURS
A. FERROUD
F. FERROUD, LIBRAIRE-ÉDITEUR, SUCC^R
127, BOULEVARD SAINT-GERMAIN, 127
1903

A mon cher et vieil ami

Léon Dierx

je dédie cette amusette

PERSONNAGES

PIERROT, dit Lapin Blanc.
BAMBOULO, dit Le Curé.
UN SACRISTAIN.
L'ENFANT JÉSUS.

LA SAINTE VIERGE.

Quelques misérables des deux sexes :

Boiteux, Aveugles, Manchots, Octogénaires.

DÉCOR

La chapelle de la Vierge, dans une église, le soir. A gauche, une porte et un bénitier. Vers le milieu de la chapelle, contre un gros pilier, le tronc des pauvres, scellé à la pierre. Tout au fond, près de la droite, un vitrail moderne, vitrail-fenêtre, pouvant s'ouvrir, et une deuxième porte. A droite, des marches, l'autel, le tabernacle entre une double rangée de cires, puis, sur le tabernacle, debout, une statue de la Vierge, statue grandeur nature : elle tient le petit Jésus par la main. Nous sommes au mois de Marie ; nombre de vases pleins de roses, de lis, embaument, et, devant la chapelle ombreuse, il ne reste plus, assis ou agenouillés, que des misérables, de ceux qui volontiers s'attardent pour calmer leurs maux, pour vivre ensemble, pour ne pas rejoindre leurs taudis. En l'air, face à l'autel, une veilleuse pend, comme une araignée au bout de son fil. Des chaises. La corde d'une cloche, là-bas.

SCÈNE I

Quand la toile se lève, deux misérables quittent l'église; les autres causent, prient ou demeurent pétrifiés; et le sacristain, en longue redingote, en bonnet de coton noirs, dort sur une chaise, près de l'autel... Il s'éveille tout à coup, au brusque silence des orgues :

— Quoi?... Qu'est-ce?... Où suis-je?

Il baille, s'étire les muscles, se frotte les yeux, frotte sa gueule bubonnée, cramoisie, sa gueule infecte d'ivrogne.

— Ah! je me souviens!... Quelle heure?

Il regarde sa montre :

— Déjà?

Il regarde les misérables :

— Hop! le temps est venu de ruer cette fripouille à la porte!

Il claque trois fois ses paumes l'une contre l'autre, et le groupe se dresse.

LE SACRISTAIN

— Allons! dehors. Vite! vite!

On obéit en hâte... On se dirige vers la porte de gauche... On se passe de l'eau bénite; on bâcle des signes de croix...

LES MISÉRABLES

— Bonne nuit!... Bonne nuit, monsieur le sacristain!

LE SACRISTAIN

— Entendu! Au plaisir de ne jamais vous revoir.

Plus personne; plus un être de chair et d'os, que le rat d'église...

SCÈNE II

Il ferme la porte à clef :

— Cric! crac!

LE SACRISTAIN

— Ouf!

Et pirouettant sur les chevilles, courant à l'autel, il y ouvre une cachette, en sort un bolivar, un veston, les troque pour son bonnet, sa houppelande; puis, une fleur à la boutonnière (fleur qu'il dérobe à la Vierge), un magnifique jonc aux doigts (jonc qui coupe l'air de moulinets), le chapeau sur l'oreille, la prunelle gaillarde, après avoir bien gesticulé qu'il meurt de soif, compte s'empiffrer jusqu'à la luette, le voilà parti ! le voilà qui ferme, du dehors, la seconde porte :

— Cric ! crac !

SCÈNE III

L'ombre, la veilleuse morne, le pas sourd du sacristain, il s'éloigne, on cesse de l'entendre... Mais, à peine a-t-il cessé, un coup, un coup bref... Il gêne, provient du vitrail... Un carreau se brise... Mon Dieu ! cette main !... Elle entre par la brisure... Elle tâtonne... Elle saisit l'espagnolette... Le vitrail commence de bayer... Il baye... Et la nuit, la solitude, une solitude profonde, une solitude terrible... N'était la main, — elle s'est éclipsée, — on jugerait que le vent seul fût cause... Chimère ! ce n'est pas le vent... C'est quelqu'un, dont la tête émerge peu à peu, blanche, toute blanche, suivie d'un col blanc, de menottes blanches, — je reconnais la dextre ! — puis d'une paire d'épaules, d'un poitrail blancs... La tête, sournoise, domine la chapelle, fouille des yeux le tabernacle, chaque coin, chaque recoin... Une pullulation, et, fini par une blouse, des grègues larges, des souliers blancs, un homme, un homme lunaire s'assied, est assis sur la table du vitrail... Il agite les lèvres, parle à j'ignore quel escogriffe, dans l'obscurité, hors de l'église :

— Monte !... Monte donc !... Rien à craindre... Plaît-il ?... Tu refuses ?... Mille milliards... ! Dépêche-toi de grimper ou je cogne !

SCÈNE IV

On se décide... On apparaît, un nouveau personnage... mais, d'une autre couleur celui-là, couleur d'ébène, couleur de cirage, en loques...

A l'aspect de la Vierge, du tabernacle, immédiatement il s'effare :

— Une église ?... La mère de Jésus ?... Et moi, Bamboulo, moi, pieux, très pieux, catholique, j'accepterais de les grincher, de franchir ce vitrail ? Non, non, non, non, non...

L'HOMME LUNAIRE

— Si !

BAMBOULO

— Écoute : je t'aime, de cœur, tu le sais !... Mais, au revoir, je file, je n'ai pas envie d'être damné.

La silhouette crayeuse empoigne le nègre, le précipite dans l'église... La silhouette hisse une échelle de l'extérieur, la pose, descend en scène... et, l'homme lunaire, la silhouette, n'est autre que Pierrot, Pierrot dit Lapin blanc, au pays des gouapes et des chapardeurs... Il menace Bamboulo... Il le secoue comme un prunier, vitupère, crâne, se moque du pauvre diable :

— Ah ! l'imbécile ! la brute ! qui tremble, qui n'ose voler une chapelle !

BAMBOULO

— C'est vrai.

PIERROT

— Et pourquoi?... Parce qu'il y aurait Dieu, l'Enfer, un tas de bêtises?

BAMBOULO

— Ils existent.

PIERROT

— Mon œil!... Tiens! regarde si Bibi a peur, lui, regarde... (Il fait un pied de nez à la Vierge.) Tiens! regarde encore... (Il tire une langue d'une aune à l'Enfant Jésus.) Hé! donc, suis-je puni? Suis-je foudroyé?... Faut-il que je gambade pour te prouver le contraire? (Il gambade.) Bamboulo, mon fiston, tu n'es qu'un calottin, un pur calottin, pas mieux!

Et, pendant que le nègre se désole, supplie Pierrot de se taire, de ne point narguer, point injurier, point profaner, celui-ci aperçoit le tronc des pauvres, le montre à Bamboulo, lui conte que là se trouve de l'argent, pour manger, boire, pour s'amuser.

BAMBOULO

— Ne le prends pas !

PIERROT

— Que je ne le prenne pas, ce joyeux, ce brave argent, avec lequel tout s'achète, tout ?

BAMBOULO

— Non, ne le prends pas...

PIERROT

— Es-tu fol ?

BAMBOULO

— Mon ami, mon cher ami, de grâce...

Une gifle au nègre, un pied à ses fesses, et le nègre reste coi... Pierrot fracture le tronc, en pille la monnaie :

— Chouette !

Il s'approprie le collier du petit Jésus :

— Hurrah !

Il arrache les bracelets de la Vierge :

— Hurrah ! Hurrah !

Pierrot bave de joie sacrilège, ricane... Le nègre claque des dents, épouvanté... Pierrot ouvre le tabernacle, saisit, brandit le ciboire ; mais...

SCÈNE V

Mais il ne ricane plus, abaisse le ciboire vers l'autel, doucement... La porte de droite vient de se déclore, et le sacristain contemple Pierrot... Le sacristain titube, ivre, avec une bouteille sous chaque aisselle, une bouteille à chaque poing... Toutefois, comme il est courageux, comme il a compris, dare dare il dépose les bouteilles, ferme à clef la porte derrière lui, jette la clef par le vitrail, jette aussi l'échelle, et il veut crier, appeler, sonner le tocsin, dont la corde est voisine... Pierrot rattrape l'ivrogne, le culbute, le serre à la gorge... L'ivrogne gigotte, gigotte un peu moins, arrête sa gigue...

— Décédé ? interroge le nègre.

— Oui, répond Pierrot.

BAMBOULO

— Hélas ! quel malheur ! quel malheur énorme !

Pierrot est très ennuyé... se gratte l'occiput... Pierrot a de vagues remords...

— Oust ! filons ! déclare-t-il, cependant.

Le nègre a perdu les jambes, roule des yeux apoplectiques.

— Au mur, sous le vitrail !... Fais-moi la courte échelle, ordonne Pierrot.

Le nègre tâche... mais les forces lui manquent...

Pierrot est de plus en plus ennuyé... Pierrot a des remords plus nets, plus graves... Il entasse des sièges pour s'échapper, et les sièges tombent, refusent aide à l'homicide.

PIERROT

— Alors, fichu ?... Demain, la prison, et ensuite les juges, puis la guillotine ?

Pierrot veut démolir une porte, la seconde porte. Elles résistent.

PIERROT

— Nom de nom, de nom !... Que trouver ?... Comment sortir de la chapelle ?...

Le nègre ne se le demande même plus, lui... Il pleure, pleure à chaudes larmes.

— Ne pleure donc pas, ma boule de neige ! dit Pierrot. — A quoi sert de pleurer ?

Et il continue de s'attendrir, de mâcher des remords.

Car, toujours, quand les larmes n'exaspèrent point, elles adoucissent, lénifient le caractère des gens.

Pierrot revient au cadavre, le palpe, voudrait le ranimer... Il lui souffle dans les narines... Il lui agite les bras, le conjure de se lever, de marcher. Vaines tentatives !...

Pierrot s'épuise, Pierrot a soif, Pierrot se dirige vers les bouteilles du sacristain, en débouche une, boit, boit, longuement, avidement.

Le nègre s'agenouille, face à l'autel, et il prie, en une ferveur d'extase :

— Vierge sainte, aie pitié de lui, aie pitié de nous !... Sauve Pierrot du démon, de la guillotine... Tu l'as vu, Vierge sainte, il a regretté le meurtre; il s'est attendri, a failli pleurer de mes larmes. Donc, il n'est pas aussi mauvais qu'il en eut l'air... Il boit maintenant, il boit trop, c'est juste! mais, afin de s'étourdir, d'oublier, de noyer le remords... Ah ! mère du Christ, si tu savais notre désarroi, combien le pauvre monde est faible, voué aux pires actes, aux plus tristes hantises !... Sauve Pierrot, bonne Vierge ! Un miracle ! Descends près de nous ! Et je te bénirai, t'adorerai mieux encore, de toutes mes forces, de tout mon cœur qui aime ce garçon et pense le racheter.

Les cires de l'autel s'allument à la fois, et la Vierge, le petit Jésus répondent oui, de la tête... Ils descendent du tabernacle, de l'autel... Le nègre exulte, baise leurs robes... Pierrot achève de boire, pose sa bouteille à terre, se retourne. Un bond ! Il délire, perd la tramontane...

— Viens ! lui fait la Vierge, souriante, du haut des marches.

— Viens ! répète Jésus, à côté de la Vierge.

Pierrot ne bronche point, examine le tabernacle où était le groupe, examine le groupe.

— Pas possible !

— Approche... Mais approche donc ! dit le nègre. Il est radieux.

Pierrot approche, timidement, salue la Vierge, salue le petit Jésus...

Puis, il éclate de rire, reconquiert du flegme, se gausse de la peur qu'il avait, n'a plus.

PIERROT

— Je sors de vider bouteille, et ça me procure une hallucination. Voilà !... Il n'y a pas de Vierge, pas d'enfant Jésus devant l'autel... mais de la fumée, une fumée que mes doigts vont traverser de part en part.

Ses doigts ne traversent rien, heurtent un corps solide.

PIERROT

— Bigre !

— Si tu allais jouer, mon amour ?... jouer avec Bamboulo, dit la Vierge à son fils.

Ils jouent à *pigeon-vole*, d'abord.

— Je ne peux... Qu'est-ce que vous voulez !... Je ne peux croire que vous êtes la Vierge, raconte à présent Pierrot, — le malicieux ! l'incrédule notoire ! — On est de chair ou de marbre, que diable ! mais point marbre, chair, à volonté.

LA VIERGE

— Tu te trompes.

PIERROT

— Non.

LA VIERGE

— Je te l'affirme.

PIERROT

— Basta ! vous êtes une femme, une vraie femme, en train de vous payer ma poire.

LA VIERGE

— Erreur !

PIERROT

— Je buvais, le dos tourné, il n'y a qu'un instant... vous aviez la clef de cette porte... (Il montre la porte de gauche,) et vous êtes entrée avec le môme.

LA VIERGE

— Moi ?... j'étais la statue.

PIERROT

— La statue ?... Ah ! oui, la statue... (Pierrot réfléchit.) N'empêche ! vous êtes une femme... J'en suis sûr !... Donnez-moi la main. (La Vierge la lui donne.) Cette main est une main humaine, voyons !... fine, longue, jolie, odorante... (Il la baise.) Si odorante ! (Il la baise encore.) Et ce bras ? (Il soulève la manche de la Vierge.) Mâtin ! quel beau bras ! (Elle lui ôte vivement son bras.)

LA VIERGE

Eh bien ! soit, admettons... admettons-le pour une minute : je suis femme.

PIERROT

Asseyons-nous. (Il s'assied sur les marches de l'autel.) Asseyez-vous aussi. (La Vierge s'assied.) Près de moi, là, plus près. (Elle obéit, mais garde sa dignité.) Savez-vous que je vous aime déjà, que vous êtes charmante... que nous ferions un couple gentil, très chic, très tendre ?

(Il met le bras de la Vierge sous le sien, mais elle le reprend, s'inquiète, ne désire pas que le petit Jésus la voie si contre un étranger. Jésus ne s'occupe nullement d'elle : il est sur les épaules du nègre, joue au cheval, et le nègre piaffe, galope.)

PIERROT

Êtes-vous une dame, une dame riche ?

LA VIERGE

Non.

PIERROT

Vous seriez couturière ?

LA VIERGE

(Elle simule de coudre.) Oui, je couds... j'ai cousu.

PIERROT

Lavez-vous?... Connaissez-vous le repassage ?

LA VIERGE

Oui... oui.

PIERROT

Ah! Seigneur, quelle perle, quel diamant j'ai rencontré!

LA VIERGE

Ce que j'ignore le moins, c'est prier.

PIERROT

Prier?.. Moi, je préfère qu'on chante.

LA VIERGE

Je chante.

PIERROT

Bravo!

LA VIERGE

Attention!... Ecoutez...

(Pierrot écoute avec plaisir, et, très loin, très haut, comme dans le ciel, un violon se met à chanter : Esprit Saint, descendez en nous...)

PIERROT

Superbe ! Admirable!... Dansons un brin, à cette heure. Voulez-vous ?

LA VIERGE

C'est que je n'ai jamais dansé.

PIERROT

On apprend, ma chère, on apprend !... La valse, tenez ! comme ça... comme ça... (Il valse.)

LA VIERGE

Essayons...

(Elle essaie seule, puis Pierrot lui pose une main à la taille : ils valsent, — et violemment les orgues se mettent à rugir, à les accompagner. Pierrot s'arrête court, se réfugie auprès du nègre.)

PIERROT

Tu as entendu ?

BAMBOULO

Non. (Il fabrique des cocotes au petit Jésus.)

louis morin

PIERROT

(A la Vierge.) Vous avez entendu ?

LA VIERGE

Oui, ce sont les orgues.

PIERROT

Les orgues ?

LA VIERGE

Ne suis-je pas la Sainte Vierge ? Je dansais... ils m'ont fait de la musique.

PIERROT

Alors, d'honneur, vous n'êtes point une femme ?

LA VIERGE

Non.

PIERROT

Dommage.

LA VIERGE

Pourquoi ?

PIERROT

Parce que mon cœur souffre... Parce que vous me semblez très belle... Parce que vous avez l'air si bon que, peut-être, vous m'auriez aimé, m'auriez rendu meilleur.

LA VIERGE

Mais, je t'aime. (Elle se fait toute lumineuse.)

PIERROT

Vous?

LA VIERGE

Certainement.

PIERROT

La preuve!... la preuve!

LA VIERGE

Quelle preuve désires-tu?

PIERROT

Embrassez-moi.

LA VIERGE

Volontiers.

PIERROT

Malgré que je sois une canaille, un... assassin?

LA VIERGE

Oui.

PIERROT

Embrassez-moi donc.

(La Vierge le baise au front... Le petit Jésus se fait des auréoles blanches, rouges, vertes, à la grande joie du nègre. Pierrot est perplexe... Pierrot n'est pas gai.)

LA VIERGE

A quoi penses-tu?

PIERROT

Je pense... je pense que si vous n'êtes pas la Vierge, je dois vous paraître idiot.

LA VIERGE

Comment! tu doutes encore?

PIERROT

Oui... pardon ! pardon !

LA VIERGE

Eh bien ! cesse de douter... L'homme qui est là, étendu, est mort, n'est-ce pas ?

PIERROT

Dame !

LA VIERGE

Va t'en assurer.

(Pierrot y va, penche la tête sur la poitrine du sacristain, et il se relève.)

PIERROT

Le cœur ne bat plus. (Il se penche de nouveau.) La main est glacée... Les bras sont raidis.

LA VIERGE

C'est le premier, le seul ? Tu n'en as jamais tué d'autres ?

PIERROT

Le premier, le seul.

LA VIERGE

Pour quelle raison l'as-tu tué ?

PIERROT

Je volais... il m'a surpris... j'ai eu peur, et...

LA VIERGE

C'est abominable !

PIERROT

Abominable !

LA VIERGE

Regrettes-tu sincèrement ?

PIERROT

Je le jure.

LA VIERGE

Veux-tu qu'il ressuscite ? Croiras-tu en moi après un tel miracle... tout à fait... jusqu'à ta fin ?

PIERROT

Oui.

LA VIERGE

Appelle mon fils. (Celui-ci revient avec le nègre.)

LA VIERGE

— Jésus, rends la vie à ce cadavre.

Jésus allonge une main, zèbre l'atmosphère d'une croix, — et le sacristain ressuscite, peu à peu, comiquement... Il éternue... Il dresse une patte en l'air, puis l'autre;... tandis que Pierrot, heureux, est à la résurrection; tandis que la Vierge et l'enfant Jésus remontent sur le tabernacle, aidés par le nègre...

Le sacristain est assis, regarde à droite, à gauche, n'a pas encore repris le sens des choses.

Alors, Pierrot rend l'argent au tronc des pauvres, restitue le collier au petit Jésus, les bracelets à la Vierge, le ciboire au tabernacle, respectueusement... Il examine la statue, la touche, et il constate qu'elle est redevenue marbre... Il embrasse Bamboulo, embrasse le sacristain, le remet sur ses guiboles... Et solennels, se tenant par les mains, tous trois vont se prosterner au pied de l'autel.

UNE VOIX, elle chante.

Malgré tes fautes et ton crime,
Pierrot, la Vierge t'a sauvé,
A rendu blanc comme l'azyme
Ton cœur noirci, ton cœur lavé.

DEUXIÈME VOIX

Regarde courir le nuage;
Écoute à présent les oiseaux;
Vois les fleurs; adieu, bon voyage
Pour le ciel chaste ouvré d'émaux.

PREMIÈRE VOIX

Mais, une larme à ton nez blême!
Hélas! qu'as-tu, mon brin de jonc?...

DEUXIÈME VOIX

Il pleure de tendresse... Il aime
Le fils, le père et le pigeon.

LES DEUX VOIX, ensemble.

Dormez, bourgeois, dormez tranquilles,
Votre Pierrot n'est plus méchant :
Sur les continents, sur les îles,
C'est la pâquerette du champ.

IMPRIMÉ

PAR

PHILIPPE RENOUARD

19, rue des Saints-Pères

PARIS

www.ingramcontent.com/pod-product-compliance
Lightning Source LLC
LaVergne TN
LVHW010007230826
846092LV00002B/682

9782329684628